송홍만 제13시집

소나무
아래 앉아서
ㅡ 지리산 종주기

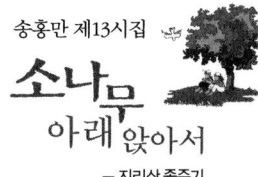

국립중앙도서관 출판시도서목록(CIP)

소나무 아래 앉아서 : 송홍만 제13시집 / 송홍만. -- 서울 : 한누
리미디어, 2009
   p. ;   cm

ISBN 978-89-7969-354-6 03810 : ₩ 7000

한국현대시[韓國現代詩]

811.6-KDC4
895.715-DDC21   CIP2009002994

송홍만 제13시집

소나무
아래 앉아서

— 지리산 종주기

한누리미디어

책 머리에

지리산 종주를 한 것이 오래 기억될 해입니다.
한 해 동안 써본 설익은 글
조심스럽게 내어 놓습니다.
넓으신 아량으로 읽어 주시면
저에게 큰 용기가 되겠습니다.
엮어 주신 한누리미디어
김재엽 사장님께 감사드립니다.

2009. 10. 1

송홍만 올림

송홍만 제13시집

소나무
아래 앉아서

제2부 무청을 엮으며

송홍만 제13시집
소나무
아래 앉아서

제4부 지리산 종주기

제 1부 내짐이 아니로다

내 짐이 아니로다

몸부림 소용없는 말 못할 쓰라림
긴긴 밤 뜬눈으로 지새워도 소용 없네

넋 나간 홑몸으로 낮에는 그렁저렁
밤 맞기 두려워라.

이 쓰라림 주신 분께 아뢰고 나니
이제는 내 짐이 아니로다.

(2008. 9. 7)

도깨비 만나

착한 혹부리 영감
도깨비 만나 부자 된
옛날 이야기 듣고

어린 마음에
나도 한 번
만나고 싶었는데

살아오는 동안
한두 번 만나
아쉬움 없는 삶 누리네

(2008. 9. 8)

훌륭한 사람이 되려면
— 「대학(大學)」을 읽고

밝은 덕을 세상에 비치는 훌륭한 사람이 되려면(大學之道)
타고난 맑고 밝은 마음을 늘 닦고(明明德)
세상 사람을 사랑하고(親民)
마음을 가장 선한 데 두어야 한다네(至善)

욕심을 버리고 이치를 찾아야(格物)
참된 지혜에 이르고(致知),
참된 지혜에 이르러야 뜻하는 바가 진실해지고(誠意),
뜻이 진실해야 마음을 바르게 쓰고(正心),

마음을 바르게 써야 몸가짐이 바르게 되고(修身),
몸가짐이 바르러야 집안이 가지런해지고(齊家),
집안이 가지런해야 나라를 바르게 다스리고(治國),
나라를 바르게 다스려야 천하만민이 평안(平天下)해진단다.

(2008. 9. 10)

알맞게
— 「중용(中庸)」을 읽고

더도 덜도 아니고,
넘치거나 모자라지도 아니하고,
꼭 알맞게 생각하고, 말하고, 행동하라신다.

하늘이 주신 어질고 밝은 성품(性)
그 성품대로 살아가는 바른 길(道)
이 길을 찾아 가라신다(敎).

평범한 일상 속에서 기쁘던 노엽던 슬프던 즐겁던
때와 장소와 사람에 따라 알맞게(時中)
참(誠)되게 살아가라신다.

(2008. 9. 15)

흠뻑 젖어나 볼걸

광교산 내려오다 소나길 만났다
남들처럼 흠뻑 젖어나 볼걸

물에 빠진 생쥐처럼 보이지만
주시는 은혜 흡족히 받는 아름다운 모습

비옷 입고 소나기 삼형제 보내고 나니
남달리 서둔 것 부끄러워

(2008. 9. 15)

'그령'을 보며

길섶 그령(知風草) 잎에 맺힌 이슬에
오늘도 새벽 바지자락 다 젖었다.

짓궂은 동무가 매어놓은 이 풀에 걸려
영락없이 넘어지곤 했지

자상(仔詳)하신 한문(漢文) 선생님은
얽힌 얘기로 결초보은(結草報恩)을 알려주시었지

딸이 받은 은혜(恩惠)를 아비의 혼령(魂靈),
이 풀 매어 적장(敵將)의 말 넘어뜨려 갚았다 하셨지

세월이 흘러 갔어도 이야기 주고받으며
즐거움에 젖은 아침을 연다.

(2008. 9. 16)

내 마음에 겹도록

송이송이 피어나는
꽃송이를 보듯

한 줄 한 줄 이어지는
아름다운 시를 지어

내 마음에 겹도록
즐거움에 젖으리라.

(2008. 9. 17)

나의 종합병원

숙지산(熟知山) 기슭에서 살은 지도
삼 십 년이 가깝다.

언제부터인가 이른 새벽 오르내리며
하루를 즐겁게 맞는다.

아픔, 괴로움
올라갔다 내려오면 거뜬하다.

그래서 이 산은
나의 종합병원(綜合病院)이다.

(2008. 9. 18)

'며느리밑씻개'를 보며

오늘도 길섶 뒤덮은 가시덩굴
'며느리밑씻개' 깔끄러운 덩굴,
그 잎에 얽힌 이야기가 생각난다.

며느리와 시어머니가 밭일하다가
며느리가 급한 볼일 보고
시어머니에게 콩잎을 따 달라 하였더니

시어머니는 속으로
"네 이년 감히 시어미에게……" 하며
이 잎을 따주었다지

두 사람의 심정 짐작 못하나
이제는
고부갈등(姑婦葛藤) 씻어나 주었으면.

(2008. 9. 18)

할미꽃을 생각하며

할머니의 옛날 얘기 잊혀지듯
사라져가는 할미꽃

할머니가 두 손녀와 살다가 모두 시집을 가
큰 손녀 구박에 못 견디고

작은 손녀 집에 가다가 양지바른 곳에서
숨을 거둔 자리에 피어난 꽃이라지

"주기만 하고 바라지 않는다"
꽃말처럼 베풀어주시고만 가신 할머니

동막댁 할머니, 우리 할머니
그토록 자랑스러운 할머님!

(2008. 9. 20)

'닭의장 풀'을 보며

닭장 부근에서 잘 자라고
꽃잎 모양 닭 벼슬 같다고
'닭의장 풀' 인가 보다.

대나무 같은 줄기와 잎에
주름진 남빛 꽃잎 두 장
그 가운데 샛노란 수술과 암술

흔한 것도 탓이런가
두보(杜甫)는
"꽃 피는 대나무"라 찬미(讚美)한
아름다운 꽃

(2008. 9. 21)

도라지꽃을 보며

어릴 적 앞동산에서 도라지 만나면
재빨리 뽑아 흙 묻은 채 먹었지

장성하여 산과 들 다니다가
보라색도, 흰색도 반갑게 만났지

'영원한 사랑' 꽃말답게
지금까지도 사랑스레 반겨주네

(2008. 9. 22)

메꽃(旋花)을 보며

연분홍 꽃봉오리에 빗살무늬 주름살
살며시 열고 이른 아침을 환한 미소로 맞는다.
적군이 연락병을 죽이고
그가 설치한 표지판 돌려놓았으나
병사의 핏자국 옆에 피어난 나팔모양의 꽃
이 꽃이 가리키는 방향으로 행군하여 무사했다지
그래서
꽃말이 '충성' 이란다.
어릴 적 메 뿌리 캐자마자 날로 먹었고
할머니에겐 구워서 드렸는데
이제는 길섶에 흐드러지게 피어
옛 이야기 주고 받는다.

(2008. 9. 22)

내 모든 삶의 기쁨

동터 오는 이른 새벽
풀벌레 소리 들으며 발걸음 가벼우니
내 모든 삶의 기쁨
하루가 열리도다.

어제는 괴로움으로만 알았는데
오늘 생각하니 그 또한 은혜로다
내 모든 삶의 기쁨
오늘이 열리도다.

까마득해 보이는 내일도
다가와 보면 그 또한 은혜리라
내 모든 삶의 기쁨
내일도 감사하리라.

(2008. 9. 26)

정족산 오르며

마니산 한 줄기 동으로 뻗어 세 봉우리 이루어
세 발 가마솥 같다고 정족산(鼎足山)

단군왕검(檀君王儉) 태자 부루(夫婁) 말고
세 왕자, 부우(夫虞) 부소(夫蘇) 부여(夫餘)가 쌓은 삼랑성(三郎城)

가을 꽃을 보며 서둘러 정상에 오르니
마니산, 고려산, 문수산, 바다 위에 그림 같은 섬들

양지바른 곳에 자리한 천년 사찰 전등사(傳燈寺)
진리의 등불 시공(時空)에 구애됨 없이 아직도 타도다.

항몽전투(抗蒙戰鬪) 신미양요(辛未洋擾) 승전지(勝戰地)
나라사랑 하늘에 닿으니 둘러보는 마음 흐뭇하도다.

(2008. 9. 27)

두려워함과 즐거워함

해마다 개천절이면 충주 사과 밭에 갔다 오는데
오늘은 피곤하여 '일죽 휴게소' 잔디에 누웠다.
하늘엔 엷은 비늘구름 아름답고
분수는 남은 힘을 다해 물을 뿜어 올린다.

잠자리는 분수꼭지를 배회하는데
어느 녀석은 근처에 오도 못하고,
어느 녀석은 물과 즐기고 있으니,
앎과 모름이 즐거워함과 두려워함으로 갈라지는구나

(2008. 10. 3)

주님의 멍에

어린 송아지의 목에 멍에(yoke)를 메워
통나무 끌고 다니며 일 가르치는 모습
어릴 적에 종종 보았다.

그 통나무 타고 다니다가 떨어지면서도
우리는 즐거워하는 사이에
송아지는 멍에에 익숙해졌다.

내게 있는 우상, 율법, 습관의 멍에
그 무거운 멍에를 벗어버리지 못하고
주님의 멍에에 아직도 익숙하지 못한 삶이다.

(2008. 10. 10)

강아지풀을 보며

걷다 보면 흔해빠진 풀, 영락없는 강아지 꼬리 같은
강아지풀(狗尾草)을 만난다.

소리 없이 자라, 말 없이 꽃 지고,
수많은 열매 흩어진다.

할머니 감으시는 실처럼 이어지는
천년 묵은 구미호(九尾狐) 이야기.

옛날 이야기가 아니고
장차 다가올 오늘의 이야기였나 보다.

강아지풀 모두 나서서 꼬리 흔들며
구미호(九尾狐)를 조심하란다.

(2008. 10. 12)

하내 테마 파크 둘러보고

하늘 아래 내일을 준비하는 쉼터
이를 줄여 '하내' 라네

볼거리, 먹을거리, 살거리, 즐길거리,
그리고 생각거리를 더해 주는 곳
고운 감성(感性) 더욱 맑아지고 깨끗해져
보다 원대(遠大)한 꿈을 품는 곳

도자기의 변화된 모습이며
희귀하고 신기한 곤충, 화석, 수정, 종유석, 옥
각처의 장인(丈人)과 명장(名匠)들의 솜씨
바가지에 피어나는 글과 그림

골짜기 가득한 정성스러운 손길
하나님 내려주신 축복의 골짜기로다.

(2008. 10. 18)

그런 시 한 수

봄이면 꽃, 가을엔 단풍,
곱게 물들이고

상한 마음, 성난 가슴,
어루만져 잠재우고

소리 없이, 말도 없이
가버리는 바람같이

마음에, 가슴에
따뜻한 사랑을 심어주고 가는

그런 시 한 수
그러한 시 한 수 그리워라.

(2008. 10. 20)

연습한 거지

KBS 아침마당 가족노래자랑 연습을 하다가
허름한 곳으로 옮겨 연습이 계속되었다.

"이 번에도 연습한 거지" 묻자
아내와 딸이 놀라는 눈치다.

꿈인지 생시인지
모르며 살아가는 삶이 어디 이것뿐인가

(2008. 10. 25)

하도 고와

가랑잎 밟으며 숲길을 걷다가
한 장이 하도 고와 집었다.

그 많은 낙엽 중
어찌 이리 아름다울까

고요한 밤 수많은 별 중
그 하나와 고운 이야기 주고 받아선가

외로운 밤 흘러가는 유성 중
못 다 이룬 꿈 들어서인가

그냥 지나가기에는
하도 고와 함께 걷는다.

(2008. 11. 9)

눈 아니 내리는 날이어도

어디서부터 어디까진지 알 수 없는
넓은 갈대밭 샛길을 걷는다.

곱게 물든 자그마한 산은 점점 멀어지고
나는 너에게, 너는 나에게 할 말을 잊었다.

눈 아니 내리는 날이어도
다시 걷고 싶은 길이다.

누구 하나 선뜻 나서줄까만은
물 한 병, 김밥 서너 줄에 과일 몇 개면 족하다.

바람이 더 있으랴만은
해넘이까지는 욕심이 난다.

(2008. 11. 15)

제2부 무청을 엮으며

무청을 엮으며

김장을 하면 뒤에서
해마다 하는 일이 있다.

무청을 간추려 짚으로 엮어
나무에 매어다는 일이다.

한 줌 한 줌 집어 엮노라면
마음은 벌써 어린 시절 고향집으로 간다.

마당에 수북한 무청을 엮다 보면
달은 기울고 잠은 눈에 가득했다.

해마다 무청을 엮노라면
부모님께서는 벌써 옆에 계시다.

(2008. 11. 16)

로마의 황족

― 롯데호텔에서

세 딸들이 제주(濟州)에 가자기에
부부가 따라 나섰다.

벌린 입 못 다문 채 잠 깨니
창(窓)에는 바다가 가득 찼다.

이른 새벽 밖에서 둘러보니
계곡(溪谷)은 재창조(再創造)로 가득하다.

로마궁전(羅馬宮殿)에서 자고 나온 몸
로마의 황족(皇族) 분명(分明)하다마는

바닷가에서 태어나 자란 몸
그 향기(香氣) 더욱 그리워 바닷가로 달려간다.

(2008. 11. 17)

사계절이 스쳐간다

이른 새벽 달빛 밟으며 산을 오르는데
손끝이며 뺨이 차가워지면서 사계절(四季節)이 스쳐간다.

삶이 굳어질 때쯤이면 봄 되어 온갖 꽃이 피어나
마음을 곱게 매만져 주었다.

욕심 가득해질 때쯤이면 여름 되어 잠 못 이루는 열대야로
실오라기 하나라도 벗어 버리는 슬기를 주었다.

매사가 왕성해질 때쯤이면 가을 되어 잎사귀 버리며
하던 일 잠시 멈추고 생각하는 지혜를 주었다.

칼 바람 뺨을 에어낼 때쯤이면 겨울 되니 몸과 마음 꽁꽁 얼어
가던 길 멈추고 정신 차리라 깨달음을 주었다.

(2008. 11. 19)

낙엽을 밟으며

낙엽(落葉)을 밟으며 숲길을 걷자니
싱싱하게 자라 곱게 물들었던
지난날의 당당했던 모습이 떠오른다.

허기는 헛된 꿈을 품었던 것도 있었겠지만,
천년 만년 이어질 듯했던
잎사귀가 부서져 바스락 소리를 낸다.

내가 한 해 동안 뱉어놓은
거짓, 위선(僞善), 그리고, 오만(傲慢)이며,
하물며 듣는 자에게 상처를 입힌 말들도 있다.

고통을 못 참고 외친 비명(悲鳴), 어이없어 소리친 탄성(歎聲),
알지도 못하며 남 따라 내뱉은 말들까지
다 떨어져 밟히고 있다.

(2008. 11. 23)

은행나무를 보며

오산 궐리사(闕里祠) 앞을 지나다가 잎사귀 다 떨궈버리고
홀로 사당을 지키고 서있는 큰 은행나무를 본다.

위풍당당(威風堂堂)하더니 까치집만 남은 모습은
득도(得道)하여, 버리고 또 버린 성자(聖者)와 같구나

끈끈하고 진한 희로애락(喜怒哀樂 feelings of joy and anger)
길고 긴 연륜으로 물리치고, 독경(讀經)하며 서있는 듯하구나

흐르는 구름 잡지 않고, 뜨고 지는 달처럼 말없이 순천(順天)함은
만고(萬古)의 스승을 닮았나 보다.

*주 : 궐리사는 오산에 있는데 공자님의 영정을 모신 사당임.

(2008. 11. 26)

상수리나무를 보며

마른 잎사귀 잔뜩 잡고 서있는
상수리나무를 본다.

가을 지나 겨울이면 다들 떨궈 버리는데
무슨 사연이 있기에 묵은 잎 붙잡고 기다리는가

정겨워, 역겨워, 아니면 힘겨워서인가
괴로워, 지겨워, 아니면 노여워서인가

*주 : 상수리나무는 도토리나무, 떡갈나무, 참나무, 상목(橡木), Quercus acutissima 라고도
부름

(2008. 11. 28)

내 고향 남양 자랑

높은 산 깊은 물은 없어도 나직한 산들 정겹게 이어지고
쥐꼬리 같은 개울, 소리 없이 흐르는 유서(由緖) 깊은 고을
마한(馬韓) 사라지니 백제(百濟) 신라(新羅) 고구려(高句麗)
번갈아 차지했던 고을
사람마다 고향 있어 고향 자랑하지만
내 고향(故鄕) 남양(南陽)은 그 고향과 다르다.

신라(新羅) 진덕여왕(眞德女王, 647~654 재위)
국태민안 발원하여 비봉산 봉림사(飛峰山 鳳林寺) 열어
중생구도(衆生求道)한 지 천 년이 훨씬 넘는구나

고려(高麗) 충선왕(忠宣王, 1310)
고을 이름 남양부(南陽府)라 명명(命名)하니
이 또한 칠백 년이 다 되었구나

조선 태조(朝鮮 太祖, 1397)
남양향교(南陽鄕校) 세워
"사람 살아가는 길은 천도(天道)에 따라 인의예지(仁義禮智) 행하는 것"
은행나무 열매로 알알이 열리니
이도 벌써 육백 년이 넘었구나

칠흑 같은 암흑의 나라에 참빛 전하는 천주학(天主學)
이 고을에 스며들어 천주(天主)님을 믿으니
그 또한 이백 년이 지났구나

고종황제(高宗皇帝) 명을 내려
"교육(教育) 없이 나라 없다.
덕양(德養) 체양(體養) 지양(知養)이 참된 교육이라."
남양공립소학교(南陽公立小學校) 문을 여니(1898)
이것도 백 년이 지났구나

선교사(宣教師)들 땅끝까지 증인이 되고자 교회(教會) 세워
"주 예수를 믿으라 그리하면 너와 네 집이 구원을 얻으리라."
종소리 울리니 이 또한 백 년이 넘었구나

그래서 그런지
의인(義人)과 용장(勇將)이 나직한 봉우리처럼 솟아오르고
충신(忠臣) 효자(孝子) 열녀(烈女)의 얼 소리 없이 흐른다.

비봉산(飛鳳山) 깊은 굴의 봉황(鳳凰)새는
병자년(丙子年)의 원수 청태종(清太宗)의 눈을 빼어
이 나라 이 땅의 피맺힌 원한, 속 시원히 풀어 주었고

동헌(東軒) 뒤뜰 연못에서 귀 달린 뱀은
다가올 가뭄 알려주어
우리 원님 슬기롭게 대처하지 않았던가

"남양 사람 헛일했네"
이 말 속에 들어있는 칠전팔기(七顚八起) 이어받아
살기 좋아 모여드는 남양(南陽)을 이루리라.

*이 시는 제 2집에 〈내 고향 남양〉을 한국문인협회 화성지부에서 『화성문학』 18집 초대시
(招待詩)로 청탁을 받고 고쳐 지은 시임.

흰 눈 위를 걸으며

하얀 눈 덮인 넓은 운동장
아무도 없어 텅 비었다.

골대에서 맞은 편 골대를 바라보며
곧게 걸어가 뒤돌아보니 발자국 굽었다.

어려서 얼음 위 흰 눈길을 걸어
뒤돌아 볼 때보다는 곧은 편이다.

꿈 많던 어렸을 때보다
하나하나 내려놓아서인가 보다.

(2008. 12. 23)

설화산 둘러보고

보고 싶어 두근거리는 마음으로 초원아파트에서 오르는데
잊지 못하는 그리움처럼 가랑잎은 하얀 눈을 아직 품고 있다.

이른 가을부터 늦은 봄까지 남아있는 눈 아름다워 설화산(雪華山),
붓끝 같은 봉우리 기세로 문필가 많이 나와 문필봉(文筆峰),
촛불 같은 다섯 봉우리 이어져 오봉산(五峰山)이란다.

가파른 길을 지나 정상에 올라 새로 게양한 태극기 보며
어린 학생 손을 잡고 만세 삼창으로 국태민안(國泰民安)을 빌고
고만 고만한 산들이 품고 있는 아름다운 마을 굽어보았다.

외암리민속마을 내려다보며 가파른 길 내려와
마을 앞 길가에 흐뭇한 마음을 뿌리니
집집마다 돌담 밑에 아름다운 꽃이 피어 나겠지

(2009. 1. 3)

빈 집 앞에서

산골짜기 빈집 앞에서
울안에 그림자 더듬어 본다.

추녀 밑 거미줄에 걸린
사연도 헤아려 본다.

흉가 귀곡성(鬼哭聲) 들릴 듯
시신처럼 섬쩍지근하다.

솟아 오르는 해님
넘어가는 달님 다 비켜가리라.

사람도 따뜻했던 마음 떠나면
빈 집이 되겠지

(2009. 1. 10)

즐거운 나의 집

가장 편안한 어머니의 집(子宮)
첫울음 터뜨린 대궐 같은 고향집
배우던 집(學校), 군 복무하던 집(軍幕舍)
근무하던 집(法院), 일하고 있는 집(事務室)
해가 지면 돌아와 편히 쉬는 집(自家)
여행 중에 머무는 집(旅館), 아파서 가는 집(病院)
죽어서 몸이 묻힐 집(陰宅),
내 영혼 막힘 없이 살 넓고 큰 집(宇宙)

이곳이
꽃 한 송이 피우며 즐거워도 하고
우주 안에 가득한 꿈을 꾸기도 하고
눈 감으면 떠오르기도 하고
알지 못하는 것 찾기도 하는
언제나 즐거운 나의 집이다.

(2009. 1. 22)

박새 한 마리

광교산(光敎山) 미학사(米鶴寺) 터로 해서
정상을 지나,
창산(彰山), 형제봉(兄弟峰), 경기대(京畿大)로
안개 짙은 차가운 속을 쉬엄쉬엄 서너 시간 걸었다.

하루 종일 스쳐가는 사람 많으나,
누구 하나 눈길 주는 이 없건만
여길 가나 저길 가나 반겨주는
박새 한 마리 어여쁘다.

"산 속에서 만나는 좋은 벗은 숲 속의 새라."
(山中好友 林間鳥)
옛 임도 이러했나 보다.

(2009. 2. 7)

좋으신 임

이렇게 사랑해 주는
좋으신 임

언제 어디서나
부르기만 하면 오시는 임

잠시 잊었다가
다시 불러도 꾸짖지 않는 임

생각만 하면 품어주는
좋으신 임

나의 하나님
나의 주님

(2009. 2. 8)

기뻐할 때가

동녘 하늘 수줍은 기색
둥근 해가 솟아 오른다.
밤새 바라던 꿈 이루어진다.
이때다 기뻐할 때가 이때다.

흰 구름 사이 푸른 하늘
그리운 얼굴이 보인다.
일하다 땀 닦으며 바라본다.
이때다 기뻐할 때가 이때다.

일하고 돌아오는 길
지는 해님 환히 웃는다.
즐겁게 반겨주는 하루 흐뭇하다.
이때다 기뻐할 때가 이때다.

(2009. 2. 9)

고추봉 둘러보고

고추같이 뾰족하여 고추봉이라
그리도 아름답던 어린 시절
이 산에 올라 둘러보아도 아니 보이네

책가방 둘러메고, 비행기, 뜸부기, 개구쟁이 뒤를 따라
찔레 순, 진달래 꽃, 칡뿌리, 송기(松肌) 닥치는 대로 먹으며
숨 가삐 올라, 보이는 먼 바다와 산이 다인 줄 알았지

보이는 초가집, 기와집, 그래도 우리 학교 제일 크고 높았지
우거진 숲길에 쌓인 낙엽, 오래된 추억을 덮었고
논보다 높았던 개울 모래, 어두운 그림자 다 지우고 물 흐른다.

(2009. 2. 21)

호연지기(浩然之氣)

산을 오를 때면 "호연지기를 기르라" 하신 선생님 말씀 생생하다.
하늘과 땅 사이에 가득한 기운(氣運)을 마음껏 마셔
큰 포부를 품어 훌륭한 사람 되라고 하셨지

"호연지기를 말하기는 참으로 어려우나
그 기운은 지극히 크고 강하여 잘만 기르면
하늘과 땅 사이에 가득 차지만,
행동이 의롭지 아니하면 쇠하여 버린다." 하셨지
(難言也 其爲氣也 至大至剛 以直養 而無害―孟子 公孫丑篇)

오늘 생각하니
이 크고도 강한 힘은 하나님의 전지전능(全知全能)이요
믿기만 하면 그 힘을 넘치게 주시어
두려움이 없으며, 항상 기쁘며, 서두르지 아니하게 되는 것인듯

(2009. 2. 23)

지학(遲學)에게

고향 땅 산 기슭에 큰 건물 세워
송호지학 장학회관(松湖遲學 獎學會館)이라네

송호(松湖)는 춘부대인(椿府大人)의 아호(雅號)인데
지학(遲學)이 그대의 아호(雅號)임을 이제 알았네

더딜지라도 배우고, 쉬지 않고 배워도
앞서지 못한다는 건가
천천히 배울지라도 때를 놓치지 아니하고
멈추지 아니하며 배우겠다는 건가

공부자(孔夫子)님은
배우고 배워 익히니 기쁘고(學而時習之 不亦悅乎),
배우기에 싫증 나지 아니하며(學而不厭),
학문에 바빠지니 먹는 것도 잊는다(發憤忘食) 하셨지

희랍(希臘)에서는
알기를 좋아하는 것을
소피스트(Sophist, 哲學)라 하지 않았나

춘부대인(椿府大人)께선 행사 때마다 정면에 좌정하신 모습

훤당(萱堂)께선 양조장 안뜰에서 자애롭게 맞아 주신 모습
지금도 선명(鮮明)하시네

선(善)을 행하려는 그침 없는 마음,
나라 사랑하는 마음,
고향(故鄉) 잊지 않는 마음,
그 마음,
이 깊은 뜻에서 샘솟나 보다.

*주 : 遲學은 同窓 鄭熙準의 호.

(2009. 2. 24)

통곡의 미루나무를 보며

서대문독립공원 안에 형무소(刑務所) 옛 모습
고문 장면과 신음소리
너무 잔인하여 보고 들을 수 없어라.

사형장 들어가는 문 앞과 안에 미루나무 두 그루
눈 가려진 채 부둥켜안고 어머니 부르짖으며 끌려들어감
지켜본 원통한 응어리가 아직도 풀리지 않았네

나라 위해 사라진 영령(英靈)님들
오늘 또 다른 애통으로 몸부림치실까
보고만 가는 나그네 송구(悚懼)스러워라.

(2009. 3. 1)

인왕산 둘러보고

서울하면 떠오르는 친숙한 동반자(同伴者)
다정다감(多情多感)해 보이는 부드러운 바위산.
오래 전부터 국태민안(國泰民安)을 축원하는 법회가 열리던
인왕도량(仁王道場)이 있어 인왕산(仁王山)이라지
오른편에서 임금님을 보필하는 듯하여(右弼雲龍)
필운산(弼雲山), 필운대(弼雲臺)라고도 한다지

장삼(長衫) 입은 스님이 참선(參禪)하는 선(禪)바위
무학(無學)과 삼봉(三峯)의 격론(激論) 들려온다.

초소를 지키는 병사의 노고 고마워
시집(詩集)을 주니 환히 웃는 모습 듬직하다.
중종(中宗)과 단경왕후(端敬王后)의 깨어진 언약
"나 여기 잘 있노라"
치마바위는 전해 준다.

"필운대 꽃 향기 장안을 압도하고"
(雲臺花氣 壓城中─申光洙)
"그대는 노래하고 나는 휘파람 불며 필운대 올랐더니"
(君歌我嘯 上雲臺─朴文秀)

겸제(謙齊)의 '인곡유거(仁谷幽居)' '인왕제색(仁王霽色)' '청풍계(清風溪)'
단원(檀園)의 '송석원시사야연(松石園詩社夜宴)'
강희안(姜熙彦)의 '인왕산(仁王山)'

산과 물은 부서졌으나
시(詩) 읊는 소리는 낭랑(琅琅)하고
진경산수(眞景山水) 완연(宛然)하구나.

*무학(1327~1405) : 고려 말, 조선 초 왕사(王師).
*삼봉(? ~ 1398) : 정도전(鄭道傳). 조선초기 학자, 개국공신(開國功臣).

(2009. 3. 1)

고향 언덕

고향 언덕에는 언제나 아름다운 추억이 서려 있다.
할머니 옛날이야기 들으며 화로 속 밤 익는 냄새 맡으며
겨울 밤은 깊어지고
앞산 진달래 피고지고 나물 캐는 누나 따라 종달새 노래 속에
봄날은 살랑대며 지나갔지
나 하나 꿍꿍 별 하나 꿍꿍
별 헤아리며 여름 밤 잠이 들었지
양지바른 담장 아래 곱게 물든 감나무 잎 옷감 삼아
한 살림 벌린 어느 가을날

바라만 보아도 즐거운 고향
재 넘어 닭 우는 소리에 해가 솟고
개 건너 개 짖는 바람에 달이 떴지
기러기 울며 북으로 가면 겨울이 오고
제비가 옛집 찾아오면 봄은 다시 왔지

(2009. 3. 5)

이렇게 살라신다

옛 말씀 즐겨 배워, 배운 대로 행하기를 기뻐하고,
벗이 멀리 있어도 사귀며 즐거워하고,
남이 알아주지 아니해도 떳떳하게
이렇게 살라신다.
(學而時習 有朋自遠方來 人不知而不慍 ―論語)

물과 같이
만물을 이롭게 하며,
다투지 아니하며,
낮은 곳으로 흘러가듯
이렇게 살라신다.
(上善若水 水善利萬物而 不爭 處衆人之所惡―老子)

상대방을 알고 나도 알아,
백 번 싸워도 서로 위태롭지 아니하여
나도 살고 남도 살아남게
이렇게 살라신다.
(知彼知己 百戰不殆―孫子)

스스로가 만드는 고뇌에서 벗어나,
원망도 근심도 말고,

탐심도 없이, 받은 은혜 감사하며
이렇게 살라신다.
(佛經, 法句經)

항상 기뻐하고, 범사에 감사하며,
무엇이나 즐겁게
이렇게 살라신다.
(Be happy about it ! Be very glad ! Be thankful !)
(마태 5:11—12, 데살로니가 전서 5:16—18)

(2009. 3. 10)

한두 번 부닥쳤던 얼굴들
— 남양초등학교 제41회 동창회

서로가 알아주는 자리에 오니
웃음꽃 활짝 피어 살맛이 난다.

운동장, 복도, 교실, 아니면 학교길
어디선가 한두 번 부닥쳤던 얼굴들.

떠난 이도, 못 온 이도
떠들썩 속에는 다 있구나

흩어져 이 골목 저 골목 걷는 모습
칠십 노인 당장 알아보겠다.

(2009. 3. 14)

제3부 다 받으리라는 약속

다 받으리라는 약속

"무언가를 간절히 바라는 마음은 원래 우주에서 온 것이기 때문에
간절히 바라기만 하면, 우주가 그것을 이루어지도록 도와준다"를
'비밀(the secret)'에서 '끌어당김의 법칙'이란다.

"모든 것은 오로지 마음이 지어내는 것이다."(一切唯心造 — 華嚴經)
우리도 보통 "모든 것은 마음먹기에 달렸다"며
위로(慰勞)나 격려(激勵)를 하여 왔다.

주님은
법칙(法則)을 알려주신 것 아니고,
다 받으리라는 약속(約束)을 하여 주셨다.

"무엇이든지 기도하고 구하는 것은"
받은 줄로 믿으라
그리하면 너희에게 그대로 되리라. (막11: 24)

(2009. 3. 15)

성지순례(聖地巡禮)

가보지 못한 성지 그리워
내 고장 마을과 산을
성스러운 이름으로 불러 보리라.

매송면 숙곡(肅谷)을 '숙곳' 이라 불러 보리라.
유월절 다음날 라암셋에서 출발하여 처음 진을 친 숙곳
사백 년 종살이에서 풀려나 가나안 복지를 향하던 기쁨의 마을
고을이 깊고 삼림 울창하여 숙연한 느낌 준다는 숙곡
우리 모두 서해 건너 서토(西土)에 복음 전하러 갈 마을

광교산(光敎山)을 '시내산' 이라 불러 보리라.
하나님께서 모세와 사십 주야 함께하신 성스러운 시내산
십계명을 손수 써 주셔 우리 갈 길을 밝혀 주셨지
곱고 신령한 기운의 가르침 무궁하다는 광교산
하나님께서는 오늘도 주의 종을 만나고 계시리라.

병점(餠店)을 '베들레헴' 이라 불러 보리라.
비옥한 들에 자리한 빵집 마을 베들레헴
주님 오시어 "하늘에서 내려온 산 떡이니"(요6 : 51) 말씀하셨네
떡 파는 집이 많아 '떡전 거리' 병점(餠店)
나그네의 배고픔을 채워 주고 받는 사랑이 가득한 마을

팔달산(八達山)을 '팔복산(八福山)'이라 불러 보리라.
주님 산상수훈(山上垂訓)을 선포하신 팔복산
"심령이 가난한 자는 복이 있나니" 말씀하셨네
사방 팔십 리 가림 없이 보여 팔달산
이태선(李泰善) 목사님, "자연은 제2의 성경이라" 말씀하셨지

아니다. 이 또한 헛된 그림자를 찾는 어리석음
참빛이요 말씀이신 주님 함께 계시는데
성지에서 무엇을 보겠다는 건가.

*이태선 목사님(1914~2002. 3. 26) : 황해도 사리원에서 태어나 1945년 감리교신학대학
졸업.
충청 경기 제주에서 목회. 수원제일감리교회 개척.
아동문학가. 주옥 같은 어린이 찬송 시 많이 발표하셨음.

(2009. 3. 21)

들국화

감나무 잎이 곱게 물들 즈음이면
바닷가 작은 마을 내 고향에는
산자락 길가 밭둑에 들국화(山菊) 향기 그윽하였다.

줄기는 흰색 잔털이 나고, 잎은 담록색(淡綠色), 꽃은 작고 노랗지.
사람들이 좋아하는 꽃이, 어느 모로 보아 좋은지 몰라도
들국화보다 향기로운 꽃 아직 보지 못했다.

고향 하면 어버이 다음으로 들국화건만
가장 향기로운 꽃이 들국화란 말 못한 건
시골스러운 것 부끄러워서였다.

가을 산행(山行)을 마치고 길가에서 만나면
하루 종일 헛것을 찾아 헤매다가
참것을 찾은 듯 기쁘고 즐거웠다.

(2009. 3. 25)

나문재

바닷물 드나드는 서해 바닷가 작은 마을
갯가 갯벌에 지천(至賤)으로 자라는 나문재
이른 봄 어린 싹은 '행이나물' 로,
여름엔 잎을 훑어 삶아 '나문재나물' 로
칠년 긴 가뭄에 뜯어먹어도 남았다고 '나문재'
내 어릴 적, 이어지는 전쟁과 흉년, 뜯어먹고 남은 것은 이것뿐.

잎은 마디마디 빽빽이 어긋 매겨나고
노란 꽃, 가지 끝 잎 사이 이삭 모양
늦가을 마르는 향기 그윽한 고향
떠나 살면서도 그때를 별러서 오곤 했지
달 밝은 가을밤 한 줌 훑어 주머니에 넣으면
바닷가 처음 걷는 아내는 영문을 몰랐지

(2009. 3. 25)

소꿉장난

산기슭 초가집 마당에
볏짚 묶음 사이사이 숨바꼭질
흙 담장 아래 소꿉장난
너는 각시가 되고
나는 신랑이 되어
어린 한 나절 기뻤지

'가상의 마당(Cyber space)'에
건반(鍵盤, Keyboard) 위 소꿉장난
"행복하다 널 만나서"
"보고 싶다 미치도록"
"사랑한다 죽기까지"
늙어 한 순간 즐겁구나

(2009. 4. 2)

원적산과 천덕봉 둘러보고

산기슭 양지녘 넓은 마을이 산수유 꽃으로 온통 노란색이다.
올곧은 선비 여섯 분, 이루지 못한 뜻으로
느티나무 한 그루씩 심고, 남당(南塘)과 육괴정(六槐亭)을 짓고,
도의강론(道義講論)과 시(詩) 음영(吟詠)하며
산수유(山茱萸)나무 심어 곧은 얼이 피어났나 보다.

고려 공민왕(恭愍王) 홍건적(紅巾賊)의 난을 피해 머물렀다는
낙수재 폭포는 비켜두고 산길을 걷는다.

원적산(圓寂山, 563)
미혹(迷惑)과 집착(執着)을 접고
일체(一切) 속박(束縛)에서 해탈(解脫)한 경지(境地),
열반(涅槃, nirvana)을 뜻으로 옮겨 쓴 것이 원적(圓寂)이라지
"세상욕심 다 버리면 탐욕(貪慾)으로 타는 불이 꺼져
영원히 평안(平安)하다"는 속삭임이 들려온다.

천덕봉(天德峰, 635)
칼등 같은 산등성이를 날라갈 듯 거센 바람 마다 않고 오르니
광주(廣州) 여주(驪州) 이천(利川) 넓은 벌
이 봉우리 머금었다 내려주는 물이 생성(生成)시켜 주니
천덕(天德) 이름에 얼맞는구나

다시 원적산(圓寂山) 지나 영원사(靈源寺)로 내려간다
신라 선덕여왕 때 해호(海浩) 스님이 창건했다는데
영원(靈源)은 영혼을 소생시키는 샘물의 근원이란 건가
법구경(法句經)을 적은 쪽지가 나무 나무에 달렸구나

산수유 나무 사잇길을 걸으며
축제마당을 지나니
오늘의 산행도 즐겁고 기뻤음을 감사한다.

(2009. 4. 4)

내 그림자

언제인가 다 잊었는데도
내 그림자는 함께 있었구나

가면 가고, 오면 오고, 서면 서고,
좋던 나쁘던, 기쁘던 슬프던

발을 절면 절름발이로, 머리 희어지면 희어진 머리로,
지팡이를 짚으면 지팡이 짚고

그렇게, 그렇게도 함께 하였건만
나는 너를 잊었다간 한참만에 찾았구나

임의 품까지 함께 할 내 그림자 있어
나는 기쁘고도 즐겁도다.

(2009. 4. 4)

'애니시다' 꽃을 보며

꽃집을 지나다가 단번에 맘에 드는 향기에
네 이름을 물어 알았구나
애니시다(洋骨擔草, 金雀花, 노랑싸리, scotch broom)
노란 꽃은 연두색 세 잎사귀에 잘도 어울리고
은은한 향은 젖을 빨며 맡아본 듯한 엄마품 향기로다.
너의 꽃말처럼 즐거움, 행복, 겸손, 청초(淸楚)하구나

마녀(魔女)가 하늘을 날 때 타고 다니는
빗자루를 만드는 나무라지만,
선녀(仙女)가 내려오시는 달 밝은 밤
마중 나가며 들고 가고 싶구나

어릴 적 고향집 뒤란에 골담초 한 무더기
수많은 꽃이 피면 벌들은 더 많이 모여들어 합창을 하고
떨어진 꽃을 채반에 담아 말려 약재(藥材)로 쓰신다 하셨지

(2009. 4. 7)

영랑호(永郎湖) 둘러보고

지나가는 길에 슬쩍 보려던 것인데
바다의 한 가닥인양 넓다.
뿌연 속에 아쉬움 남긴 채 해 저물어
이른 새벽 달려와 둘러본다.

금강산 수련(修練) 마치고 금성(金城)으로 돌아가던
화랑(花郎) 영랑(永郎)이 여기 이르러
맑고 잔잔한 물에 울산바위, 범바위 잠긴 모습
그 모습 아름다워 돌아가는 길 늦었다지

찬찬히 돌며 둘러보니 잔잔한 물, 크고 기이한 바위
옛 님의 즐김을 되새겨 보는데
"영랑포에 배 띄우고(永郎浦泛舟—安軸)"
시(詩) 한 수 있어 한 줄 한 줄 적는다.

(2009. 4. 11)

메마른 땅에 단비를

강원도 땅을 들어섰고, 대관령 터널을 나왔는데
동해바다 옆길을 지나는데도
미시령 터널을 나와 인제를 지나 소양강을 지나는데도
가슴이 답답하다.

산과 들이 푸르고, 골짜기마다 맑은 물 흐르고
바닷가 솔밭이 푸르렀는데,
산과 들은 파헤쳐지고, 개울은 메워졌고
어느 곳엔 불타 버려 삭막한데, 비마저 오지 않았구나

가물고 메마른 땅에
단비를 내려 주소서
산천이 푸르고 냇물이 다시 흘러
지나는 마음 기쁘고 즐겁게 하소서

(2009. 4. 11)

반가운 빗소리

비 온다기에 조용히 기다렸더니
아침부터 하루 종일 내리는 빗속
반가워 우산 속에 웃음 숨겼다.

지난 주말에 강원도 둘러보며
'메마른 땅에 단비를'
시 한 수 지어 바랬는데

밤이 되어도 내리는 반가운 빗소리
이루어진 바람 고마워 창문 여닫으며
기쁘고 즐거워 잠 못 이룬다.

(2009. 4. 20)

해운대 둘러보며

구름 속으로 해는 지고, 사월 보름달 숨어 어둠이 깃든다.
동백섬, 달맞이 고개, 다녀와 파도소리에 씻기는 모래를 밟는다.
보이는 것만 있는 것 아니니, 해와 달 어찌 아니 있으랴

고운(孤雲)은 산, 바다, 그리고 달이 하도 고와
'海雲臺' 세 글자만 바위에 남겼고
춘원(春園)은 "누우면 산월(山月)이요 앉으면 해월(海月)이라.
가만히 눈 감으면 흉중(胸中)에도 명월(明月) 있다." 읊었네.

밀려와 모래밭 씻어주고 돌아가곤 하는 저 파도는
그 얼마나 많은 사람의 마음을 씻어주곤 하였을까
또 얼마나 많은 사람의 아픈 가슴 어루만져줄까.

(2009. 5. 10)

부끄러운 내 발자국

해운대 모래밭을 걷다 보니
하얀 물거품 몰고 밀려온 파도가
모래 위 발자국 지워 준다.

예쁜 아기 발자국, 씩씩한 아빠 발자국,
그리고 길게 끈 내 발자국까지
모두 지우곤 한다.

예쁜 발자국, 씩씩한 발자국이야 깨끗하지만
길게 끈 내 발자국 얼룩졌건만
모두모두 잘도 지워 준다.

푸른 하늘 우러러 보고
넓은 바다 둘러 보니
부끄러운 내 발자국 그대로 있다.

(2009. 5. 10)

보리밭 고랑에서

광교산 오르는 초입 길가 보리밭에는
풋보리 베어 이리저리 길을 내어
싱그러운 여름내음으로 시를 짓고 그림을 그렸다.

이어지는 대로 걸으니
종달새 노래며, 보리피리 소리 들려
어머님 품속 향기로 가득하다.

한적한 보리밭 고랑에서
서슴없이 주저앉아
푸른 산 둘러보니, 더 갈 길을 잊었다.

벌렁 누워 하늘 보니
그리운 고향 가득하여
두 손으로 보리이삭 만져 본다.

(2009. 5. 23)

남산 둘러보고

내 친구 산죽(山竹)과 정(定)함 없이 서울 나들이를 나서
남산타워를 보고는 서울역에서 내려 남산을 오른다.
안중근(安重根) 의사의 기념관을 지나는 순간
어릴 때 아버지 손잡고 왔던 일
취직시험에 힘겨워 오르며 다짐하던 일
법원공무원 새내기 시절 기뻐하며 오른 일
둘째 딸이 "나점줘" 말 한 마디 처음 들은 일 스쳐간다.
우거진 길을 걸어 타워에서 여기저기 둘러본다.
좋은 나라 세우려는 착하고 슬기로운 백제인의 모습
6.25 전쟁으로 부서진 수도(首都), 서울의 모습
새로이 세우려 떠들썩한 건설현장의 모습을.
앞으로는 어두운 그림자 드리우지 않을는지
두 노인의 작은 걱정이 쓸데없길 바란다.

(2009. 5. 30)

어디쯤 있었을까

점심시간에 사무실 근처 고등학교 운동장
긴 의자에 앉아 학생들을 본다.

농구, 축구, 야구, 철봉……
손과 발, 그리고 환한 얼굴

난 어디쯤 있었을까
오십여 년 전 모교 운동장

공이 무서워 멀찌감치 나무 그늘,
텅 빈 교실, 아니면 뒷동산

젊음은 아름다워
뒤늦게나마 끼어들고 싶다.

(2009. 6. 12)

어젯밤 꿈에도

어젯밤 꿈에도 임을 뵈었다.
나라를 생각하신 박 대통령님을.

서해를 지키는 늠름한 해군(海軍)을 보며
오랫만에 흐뭇하게 잠이 들었는데.

임은 내 책상 오른편에 편안히 서서
나의 시를 관심 깊이 보고 계셨다.

내 책상 왼편에 서있는 아들, 딸
그들 앞에 자랑스러워 흐뭇하였다.

나라가 어려울 때면 오시는 임
나라 안팎이 편안하였으면.

(2009. 6. 16)

뻐꾸기의 노래

이른 아침이나, 해질 무렵
뻐꾹, 뻐꾹, 뻐꾹,
맑고 밝은 뻐꾸기의 노래

아침에는
기뻤고, 기뻤고,
밤새도록 기뻤다.

저녁에는
기뻤고, 기뻤고,
하루 종일 기뻤다.

기뻤고, 기뻤고, 기뻤고
항상 기뻤다.
뻐꾸기의 믿음.

*항상 기뻐하라. (살전 5:16)

(2009. 6. 23)

소나무 아래 앉아서

한남정맥(漢南正脈)한 허리에 우뚝 솟은 광교산(光敎山) 산마루
아름들이 소나무 아래 앉아서 푸른 가지 사이로 파란 하늘을 본다.

할아버지는 한봉산(漢峰山) 양지녘에 터를 잡아
봉림사(鳳林寺) 종소리 들으며 자란 소나무로 초가집을 지으시고

할머니는 첫울음소리 반기시며 솔가지 매단 금줄 치시고
소나무 장작불에 지은 쌀밥, 어머니는 미역국에 맛있게 잡수셨겠지

삼칸 대청 넓은 마루 이리저리 기어다니다가
대들보에 물고기 닮은 옹이 보다가 잠이 들곤 했지

아버지와 형은 소나무 심고 길러 푸른 꿈을 꾸시고
누나는 산나물 뜯다가 송진 씹어 껌을 만들어 날 주었고
사촌형은 소나무로 만든 지게에 날 태우고
작대기로 장단 맞추며 돌문이 고개를 잘도 넘었지
추운 겨울 청솔가지 군불을 때면 긴긴 밤이 따뜻하였고
어린 가지 꺾어 속껍질 벗겨 주린 배를 채웠지
송홧가루로 만든 다식, 솔잎 따서 찐 송편,
뿌리에 기생하는 복령(茯笭), 송이버섯은 모두 향기롭지

껍질에 흠을 내어 송진을 모으고, 뿌리를 말려 기름을 내고,
관솔을 떼어다가 어둔 밤을 불로 밝혔고,
소나무 태운 그을음으로 먹을 만들어 글을 쓰고 그림을 그렸지

할아버지 할머니 아버지 어머니 하늘나라 가시는 날
소나무 칠성판에 누워 소나무로 만든 상여 타고 편히 가셨지

무더운 여름날 낮잠 자다가 꿈속에 향기 나서 깨어 보면
베고 자던 소나무 목침 옹이에서 나오는 향기였지
거센 바람도 솔잎 사이를 지나면 솔솔 부는 솔바람이 되고
가지마다 쌓인 눈 많으나 적으나 말 없이 견디며
태어난 자리면 바위틈도 마다 않고
사시사철 푸르름 간직하고 하늘을 우러러 보는구나

총알 맞고도 살아있는 금강산 '장터솔밭' 소나무, 벼슬 받은 속
리산 정이품(正二品) 소나무, 왜적이 송진까지 짜간 흉터 남은 주
왕산 소나무, 문경 농암면 반송(盤松), 명당에서 자란 괴산 청천
면 왕송(王松), 청도 운문사 처진 소나무, 대궐 짓는 금강소나무
(黃腸木), 보기 힘든 백두대간 황금소나무

어린 시절 즐겨 외우던

남산 위에 저 소나무(애국가), 봉래산 제일봉에 낙락장송(성삼문),
솔아 너는 어찌 눈 서리를 모르는다(윤선도),
낙락장송 다 기울어 가노매라(유웅부), 솔 아래 아이들아(박인로),
솔바람 화합할제(안민영)

바람결에 흔들리는 운치(韻致), 그 맑은 소리, 그 푸른 빛깔(松翠)
소나무와 같은 나라의 동량(棟梁), 서둘러 오리라 믿고 나니
소나무 가지 아래로 해가 지고 있다.

(2009. 6. 27)

돌아왔다

높고 맑은 하늘이며, 그 아름다운 산,
잔잔히 흐르는 물, 한 없이 넓은 들
두루 즐겨보려고 강을 건넜다.

보이는 것만큼 아름답지 않고
생각한 것만큼 즐겁지도 않아
상처뿐인 몸, 부끄러운 맘만 남았다.

돌아온다며 그렇게도 못 건넜으나
부르실 날도 머지 않았지만
주신 마음(靈性)으로 돌아왔다.

(2009. 7. 5)

뻐꾸기의 권고

애태워 기다린지 보름이 지나 돌아와서는
구우욱, 구 우우. 구우욱, 구 우우.
절실한 뻐꾸기(cuckoo, 鳲)의 애원

싸움터에서 돌아와 보니
처자식 다 죽어
"계집, 죽고. 자식, 죽고."라고 운다지

나이 들어 자세히 들어보니
"구우주, 미일고. 구우원, 바알고."
애절한 뻐꾸기의 권고(勸告, advice)

*鳲(시) : 뻐꾸기 시
*cuckoo[kúːkuː, kúkuː]
* 주 예수를 믿으라. 그리하면 너와 네 집이 구원을 받으리라. (행 16:31)

(2009. 7. 7)

누구의 그림일까

누구의 그림일까
길가에 코스모스 심어 여러 가지 색의 꽃피니
운동회 날 만국기(萬國旗) 날리듯

누구의 시(詩)일까
미루나무 가지에 어린 시절 걸리고
향나무 몇 그루에 아름다운 추억이 열리듯

누구의 각본(脚本, scenario)일까
대사(臺詞)대로 감정 없이 해내고
곱게 물든 노을 아래 말 없이 돌아서듯

누구의 결별(訣別, parting)일까
말 없이도 다 알아, 묻지 아니하고
연연(戀戀)이 이어온 실, 가르듯

(2009. 7. 9)

누구 할아버지세요

퇴근하는 길이면 어린이 집 앞을 지난다.
노란 차에 오르는 아기들 귀여워
한 사람 한 사람 쳐다보며 기뻐한다.

오늘은 큰 아이가
"누구 할아버지세요" 묻는데
한참을 망설이었다.

"너희들 다 좋아하는 할아버지야" 하니
서로들 둘러보며 수군거리는데
차가 오자 차례차례 예쁘게 오르고 차는 떠난다.

(2009. 7. 10)

제 4 부 지리산 종주기

아낙네

'아낙네' 아주 오랜만에 듣는 순간
떠오르는 아름다움에 깜짝 놀랐다.
봄이 오는 길가에서 나물을 캐고
향나무 아래 우물에서 물을 긷고
마을 앞 느티나무에 그네를 뛰고
하얀 빨래를 줄에 곱게 널고
흰 수건 쓰고 밭 매는 모습
빨갛게 익은 고추를 따 담는 모습
하얗게 피어나는 목화 솜을 따는 모습
길 나서는 신랑의 옷 소매를 매만져주는 모습
널뛰며 휘날리는 자주색 댕기
냇가에 빨래하는 방망이 소리
한밤에 다듬이질하는 그림자
살짝 돌아서서 눈물 닦는 옷고름
그 아름다운 모습 되새겨 보니
잊혀져 가는 것들이 더욱 그리워진다.

(2009. 7. 15)

누리장나무를 보며

산길이나 개울가에서 흔히 보아온
제 욕하면 냄새 나는 나무가
'누리장나무' 라는 이름표가 달려 있다.

잎은 넓고 길며 둥글며 마주 나고
꽃은 가지 끝에 붉게 피고
꽃 속에 새파란 진주 같은 열매가 보인다.
잎과 줄기에서 누린내가 나서
누리장나무(臭木, 臭梧桐)이라 한단다.

"지렁이도 밟으면 꿈틀한다."
"내가 원하지 아니 하는 것을 남에게 하지 말라"
(己所不欲 勿施於人—論語)
"남에게 대접을 받고자 하는 대로 너희도 남을 대접하라." (마7:12)
네가 알려주는 바가 컸구나

(2009. 7. 19)

참회나무를 보며

지리산 종주를 앞두고 광교산에서 단련을 하다가
'참회나무' 라는 이름표 단 나무를 보았다.
알 모양의 잎이 톱니가 있고, 열매가 터진 틈으로 붉게 보인다.

참회(懺悔, penitence)!
태초의 하나님의 솜씨 잘 보존된 성스러운 지리산(智異山),
오르기 전 회개(悔改)부터 하라시는구나

돌아와 알아보니,
회나무 중에 참된 나무, '참회나무' 라는 것이다.
잘못 읽어도 "회개하라"는 말씀을 듣게 되었구나

(2009. 7. 25)

매미 노래 들으며

햇빛이 쨍쨍 나는 이른 아침
매암 매암 맴 맴 매미의 노래

맑고 밝은 청아한
매미의 노래

그래, 마음이, 내 마음이
내 마음이 문제로다.

"모든 지킬 만한 것 중에
더욱 네 마을을 지키라." (잠4:23)

내 마음은 내 몸과 같이 있어도
몸 따로 마음 따로라.

(2009. 7. 29)

지리산 종주를 하고 나서

마음 먹고 간절히 바래었더니
지리산 종주(智異山 縱走)를 이루었다.

내 힘으로만 가려면 엄두가 나지 않더니
임과 동행하니, 어디를 가든지 겁낼 것 없었다.

밝아진 눈, 가벼워진 무릎, 솟아난 의욕(意慾)
작은 가슴으로 넓고 포근한 엄마 품에 안겼다.

보여주는 것만큼 보고, 생각나는 것만큼 생각하며,
서두르거나 멈추지 않고 걸었다.

산(山)은 산(山)으로 이어지고
혼(魂)과 얼은 태고(太古)로 이어진다.

힘들면 쉬고, 저물면 자고 가려는 여유(餘裕)로
혼자 이야기 주고 받으며 걸었다.

처음 보는 꽃이며, 반겨주는 꽃들
고이 간직한 이야기 서슴없이 들려준다.

벽소령(碧宵嶺) 산장에서 단잠 자고 걷다 보니
소리 없이 이루어진 구름바다(雲海) 아름답다.

나이 20대라도 열정(熱情) 없으면 70대
나이 70대라도 열정(熱情) 있으면 20대

예닐곱 살 때에는 어머니 손잡고 육칠십리 수원역까지 걸었고
칠십 넘어서는 아버지 내 손잡아 육칠십리 지리산종주를 하였다.

(2009. 8. 3)

선유도(仙遊島) 둘러보고

산들의 무리(群)인가, 섬들의 무리인가
크고 작은 육십(六十)여 섬 모여 있다.
횡경도(橫經島) 할배바위, 방축도(防築島) 독립문(獨立門) 바위,
관리도 병풍(屛風)바위, 장자도(壯子島) 할매바위,
선유도(仙遊島) 망주봉(望主峰), 신시도(新侍島) 월영봉(月影峰).
저마다 지녀온 이야기 듣는다.
무녀도(巫女島), 옛 이름은 '서드이'
"열심히 서둘러 일해야 살 수 있다."
유배(流配) 온 선비, 임 그리워 눈물 흘린 망주봉(望主峰).
경치(景致) 아름다워 신선(神仙)이 놀 만한 곳, 선유도(仙遊島).
고려(高麗) 최무선(崔茂宣), 조선(朝鮮) 태조(太祖)
세종대왕(世宗大王), 충무공(忠武公) 이순신(李舜臣)
왜구(倭寇)를 물리친 승전지(勝戰地).
월영봉(月影峰), 고운(孤雲)의 글 읽는 소리 들으며
이른 새벽 망주봉에 올라, 아름다운 꿈 품고 싶구나

(2009. 8. 22)

찬란한 아침

새소리도 들리지 않는 이른 새벽 숲길 지나
산봉우리 위에 이르니
해님은 말없이 조용이 솟아오른다.

파란 하늘 더욱 높고 나뭇잎 윤나고
사람들의 얼굴엔 밝은 빛
눈부시게 찬란(燦爛)한 아침이다.

하늘의 광명체(光明體)가 땅을 비추니
태초부터 순종하는 모습
아직도 보기에 아름답구나

살아온 어둔 밤 지나 찬란한 아침
반듯한 마음과 올곧은 몸가짐
평생에 바라던 소망이로다.

(2009. 8. 31)

손바닥만한 밭에

숙지산(熟知山) 기슭 양지녘 손바닥만한 밭에
고구마, 호박, 파, 고추, 상추, 열무, 들깨, 가지 심고
아침 저녁 허리 굽혀 일하는 할머니

시어머니 손놀림 닮아 살아온 며느리
풋고추, 호박잎, 가지 따 담으며
밥상 위에 올려 놀 그림을 그린다.

할머니는 평생 살아온 살아있는 그림을,
며느리는 닮아 살아온 사랑의 그림을 그리는
아름다운 모습 공경(恭敬)스러워라.

(2009. 9. 2)

고향의 저물녘

내가 태어나 자란 추억 묻어나는 안말 옛집은 아니지만,
우리 논과 밭이 다 보이는 돌문이 새집 앞 정자에 앉았다.
칠월 보름은 큰 형 기제일(忌祭日)이라 다 모였다.
길도 집도 좋아진 동네를 둘러보는데,
내 어린 시절의 모습이 그리워진다.

자전거 타고 신작로로 오시는 아버지
밭고랑에서 분주히 집에 가실 일 챙기시는 어머니
쟁기 지고 소 몰고 오는 형
송아지 부르는 어미소의 우렁찬 소리
사람도 짐승도 다 분주한 저물기 전(前) 모습.

솟아오르는 달 속에는 더 많은 반가운 사람들
할머니, 어머니, 아버지, 형, 누나, 형수,
그리고 어깨동무들 다 그립구나

(2009. 9. 3)

박새와의 대화(對話)

박새 한 마리 "애개!" 귀여운 한 마디
큰 산 종주한 사람이 겨우 저 산을 올라 하는 듯.

모락산(慕洛山)의 유래, 치열(熾熱)했던 전투, 여뀌(水蓼), 물봉선,
전해 오는 이야기, 들려주어 즐겁고, 알려 들어 기쁘다.

산마루 우거진 숲 그늘에 자리 깔고 누우니
나뭇가지 사이로 숨어 들어와 끼어드는 파란 하늘 조각

네 작은 날개를 펴, 내 큰 허물을 가리려는
소리 없이 할 말 다하는 귀여운 박새

오가는 사람 많아도 내게는 외계인(外界人)
너와 나의 주고 받는 이야기는 이어진다.

(2009. 9. 5)

'천사의나팔' 꽃을 보며

며칠 전 화분에 심긴 하얗고 긴 나팔 모양의 꽃을 보고는
모양이 아름답고 향기 그윽하여 알고 싶었다.

교회 가는 길에 또 보이기에 집사람에게 물으니
거침없이 '천사의나팔' 꽃이란다.

하늘의 천사가 불고 다니며 말씀을 전하는 나팔 같다고
"천사의 나팔(angel's trumpet)" 또는 "독(毒) 말풀(datura)".

줄기는 가지와 비슷하고, 깔때기보다 긴 꽃, 향기 그윽하고,
잎과 씨에는 마취성 독소가 있어 약재란다.

지나다니는 길가 화분에서 반기지만
주님 오시는 날, 내 이름 부를 때에 잔치 참여하고 싶네.

*데살로니가 전서 4장 16절 말씀과 찬송가 180장 하나님의 나팔소리 참조

(2009. 9. 8)

봉천산(奉天山) 둘러보고

강화(江華) 북편, 즐비한 고인돌 북풍을 막아주는 봉천산
산길 따라 오르니 큼직한 봉천대(奉天臺) 서있다.
할머니 한 분이 봉가지(奉家池) 못가에 갔다가,
떠오른 석함(石函) 열어보니 옥동자(玉童子) 들어있어
나랏님께 올렸더니, 성(姓)을 봉(奉), 이름을 우(佑)라 지어주어
하음봉씨(河陰奉氏)의 시조(始祖)가 되셨다지
후손 봉천우(奉天佑) 재상(宰相)이 조상의 은혜 감사하여
하늘을 받들고 살기(奉天)를 다짐하여 쌓은 봉천대(奉天臺),
나라에서도 제천의식(祭天儀式)을 거행하다가
봉수대(烽燧臺)로 사용하기도 했다지
북녘 산과 들 구름에 가리고, 벼 익어가는 하점(河岾) 뜰 아름답다.
능선 따라 숲길, 걷고 싶은 만큼 걷다가 내려오는 길에
강화천도(江華遷都)로 따라왔다 돌아간 봉은사(奉恩寺) 빈터에
오층석탑 외로워, 잔디 위에 앉아 지나온 이야기 주고받다 보니
하루 해가 아쉬움 남기고 저물어간다.

(2009. 9. 12)

돌탑 옆에서

강화(江華) 봉천산(奉天山) 기슭 봉은사(奉恩寺) 터에
떠나간 임 그리워 몸부림치다 부서진 탑(塔) 돌
여기저기 뒹굴다가 깨달은 중생(衆生)의 손길로 맞추어진
강화 하점면 오층석탑(江華河岾面五層石塔)
독경소리 사라진 빈터 말 없이 지키고 있다.

푸른 잔디 위 누워 파란 하늘 흰 구름 보며 눈 감으니
너와 나의 마음을 이어주는 풀벌레 소리
얼 떠나간 몸뚱이 얼싸안은 들
다 부질없는 일
저녁 노을이 갈길 재촉한다.

(2009. 9. 12)

가고 싶은 산 또 가야지

산이 좋아 자주 가건만
뭐가 좋아선지 아직 모르겠다.

뒷동산은 버릇 되어 오르고
먼 산은 날 잡아 찾는다.

가기 전 여기저기 알아보고 가건만
생각보다 나쁜 산도 있고, 좋은 산도 있다.

뭐가 좋아선지 모르지만
가고 싶은 산을 또 가야지

(2009. 9. 14)

제주행 비행기에서

강, 바다, 고속도로, 서해대교는
보이는데,
발 아래 흰 구름이며, 눈 위에 푸른 하늘은
보이는데,
어디쯤 가고 있는지 모르겠다.

푸른 한라산이며, 흰 물결 가르는 작은 배
보이는데,
판화 같은 밭이며, 모래 위 맑은 물 속에 연녹색
보이는데,
미움, 욕심, 그리움, 슬픔 아니 보인다.

(2009. 9. 16)

동백언덕에서

산방산(山房山) 내려다보이는 언덕
천 년을 살려고 찾는 동백(冬柏) 숲
(Slow life at camellia hill.)

보이는 것만큼 보아도
느끼는 것만큼 느끼어도 좋다.

꽃과 나무만을 보고 가려는 것 아니오
심고 기른 뜻과 주렁주렁 열린 얼을 알련다.

근 삼십 년 심고 가꾼 나무 한 그루, 풀 한 포기
그 어찌 이루 다 알까만은.

복숭아 나무 심어 도원결의(桃園結義) 고운 뜻
금강(金剛) 용암(熔岩) 흐르다가 뜻있어 머문 생태 연못

지구촌 여기저기 동백형제(冬柏兄弟) 이곳에 불러
아태(亞太), 유럽(Europe), 토종(土種) 곱게 어울렸구나.

탐라(耽羅)의 아름다운 태고(太古)를 지켜온
다양(多樣)한 야생화(野生花), 용암(熔岩)

해돋이 해넘이를 다 볼 수 있는
만남의 광장엔 아직도 가슴이 설렌다.

"그대만을 사랑해"
동백의 꽃말처럼.

(2009. 9. 16)

바다 앞에 서면

불빛 환하게 한 밤을 지새운
오징어잡이 배
하나, 둘 꺼지더니 먼동이 튼다.

고기잡이 뱃길 알려주던 도대불(長明燈) 있고
넓고 검은 마당바위에서 소금 긁어
염장(鹽匠)이 살던 마을

애월읍 구엄리 포구(涯月邑 舊嚴里 浦口)
바다 앞에 서면 할 말을 잃는다.
더구나 잔잔하고 끝없는 바다 앞에서는.

(2009. 9. 17)

성산 일출봉에서

날씨 좋은 초가을 성산(城山) 일출봉(日出峯)에 올라
넓은 분화구(噴火口)를 본다.

아흔 아홉 봉우리 빙 둘러
가득한 전설을 지키고 있다.

설문대 할망 분화구를 빨래 바구니 삼고
우도(牛島)를 빨래판 삼아 단벌 빨래를 했다지

밤이면 헤진 옷을 꿰매려고
우뚝 선 등경(燈檠) 돌에 불을 밝혔다지

장군(將軍) 바위, 승진(昇進) 바위 나라 지키고
'생이물' 샘 소리에 평화(平和)가 조용히 솟으리라.

(2009. 9. 18)

섭지코지 둘러보고

좁고 가늘게 바다로 뻗어 있는 땅(섭지—狹地)
곶감 꼬치 모양으로 이어진 곳(串—코지).

문주란(文珠蘭) 향기 그윽한 언덕실 걸어
검은 돌 잔잔히 건드리는 흰 물결.

봉우리 위에 네모지게 검은 돌 쌓아 올린
나라 지킨 봉화대, 연대(煙臺).

목욕하는 선녀 훔쳐보다가 끝내는
달빛수레 타고 떠나는 선녀 잡으려다 돌이 된 용왕의 아들
'선녀바위' 가 되었단다.

아직도 만나지 못하고
사나이의 속내를 전하고 있구나.

(2009. 9. 18)

산굼부리 둘러보고

몇 번이고 와 봐도 신비스런 산굼부리
깊숙한 굼부리(분화구) 안에는 한겨울에도 꽃이 핀단다.

햇빛의 각도와 깊이에 따라
난대성, 온대성, 고산식물이 자라고 있다.

우리가 이웃의 도움으로
난폭한 사람, 온순한 사람이 어울려 살고 있듯이.

주변에 가꾸어 놓은 잔디공원이며
꽃 만발하여 윤나는 억새밭

사잇길을 걷자니
내 발자국 소리만 들린다.

(2009. 9. 18)

공기놀이

누나가 동무들과 마당에 앉아 작은 돌 다섯 개를 올렸다 놓았다
재빠르게 손놀림하며 즐겁게 노는 것을 보았다.

공기(a jackstone) 다섯 개로 하는 공기놀이
독수리 두려워 병아리 품은 어미 닭같이 놀았다.

틈만 나는 대로 돌 한 개를 훔치면 그 때마다
누나는 미운 돌을 갈고 닦아 채웠지만, 또 훔쳤다.

훔친 돌이 미워지면 버리거나, 어디론가 굴러갔고
다시 훔치다 보니, 어린 시절이 소리 없이 지나갔다.

자주색 돌, 풀색 돌, 수수 돌, 노을 돌, 작은 돌.
이제는 다 떠나간 돌들이다.

(2009. 9. 23)

금송화 꽃을 보며

금송화(金松花 또는 金盞花, Marigold)
너의 노란 꽃에 눈길이 멈춰 조심스레 만지니 향기 특이(特異)하다.

에로스(Eros)와 마드릿드 사이에 태어난
크리무농은 해만 바라보며 살았다지.

맘씨 나쁜 구름이 아침부터 저녁까지
무려 여드레나 해를 가렸더니, 크리무농은 그리움 끝에 죽었다지.

아폴로(Apollo)는 자길 그리워한 그가 죽은 것을 알고는 슬퍼하며
시신을 금송화로 만들었다지.

예나, 지금이나, 그리고 앞으로도
이 꽃말처럼 이별은 슬픔이지.

(2009. 9. 23)

지리산 종주기(智異山 縱走記)

  기암괴석(奇巖怪石)과 폭포(瀑布)가 어우러져 태고(太古)의 원시림(原始林)을 간직한 채, 유구(悠久)한 세월(歲月)을 이어온 민족(民族)의 영산(靈山), 지리산(智異山)은 백두산(白頭山)으로부터 이어져 내려온 정기(精氣)와 맥(脈)이 그 너른 품에 가득히 안겨, 동서(東西)로 길게 고산준령(高山峻嶺)을 수 없이 거느리고 있는 큰 산이다.

  "믿고 구하는 것은 다 받으리라."(마태복음 21장22절) 몇 해전부터 지리산 종주를 하고 싶은 마음을 간직하고, 간절히 바래었더니, 2009년 7월 31일 밤차로 가면서 잠을 자고, 8월 1일 새벽 4시 성삼재에 도착하여 아직 어두운 안개 속 길을 따라 걸었다. 성삼재(姓三)는 마한(馬韓)의 한 부족국가의 왕이 성(姓)이 다른 세 명의 장수(將帥)에게 지키라 명한 성(城)이 있던 곳이란다.

  지리산(智異山)이란 이름은 원래 불교적 용어로, "대지문수사리보살(大智文殊師利菩薩)에서 지(智)와 이(利)를 따서 지리산(智利山)이라 불렀다"고도 하며, "어리석은 사람이라도 이 산에 머물면 지혜로운 사람으로 달라진다" 하여, 또는 "고려 때 이성계(李成

桂) 장군이 새로운 나라를 세우려는 마음을 품고 산신에게 물었더니, 백두산(白頭山), 금강산(金剛山), 금산(錦山)의 산신과는 달리 이 산의 신은 이를 말리어 지혜를 달리했다" 하여, "이 산에는 지혜(智慧) 있는 이인(異人)이 많은 산"이라 지리산(智異山)이라 불렀다고도 하며, "멀리 백두산 정기가 남으로 흘러 내려오다가 다시 솟은 산"이라 하여 두류산(頭流山), "산의 맥이 대개 바다에 이르러 그치는데, 이 산은 백두산(白頭山)의 맥(脈)이 바다에 이르기 전 이곳에 잠시 머물러있다" 하여 두류산(頭留山)이라고도 하고, 봉래산(蓬萊山－금강산), 영주산(瀛州山－한라산)과 더불어 신선이 살았다는 전설 속의 삼신산(三神山)의 하나로 방장산(方丈山)이라고도 한다.

지리산 종주(智異山縱走)란 산 등뼈를 이루고 있는 노고단(老姑壇)에서 천왕봉(天王峯)까지의 주능선(主稜線)을 산행(山行)하는 것으로, 지리산의 전체적 윤곽(智異山全體的輪廓)을 짐작할 수 있고, 산행(山行)의 참된 의미(意味)를 몸소 깨닫는다고 한다.

젊은 시절 법원산악회(法院山嶽會) 가을산행으로 성삼재에서 노고단을 지나 왕시리봉(가장 실하게 보이는 봉우리)으로 하산한 일이 있고, 몇 해 전에는 백무동(百巫洞－많은 무당이 모여들었다는 골짜기)에서 장터목, 제석봉(帝釋峰), 통천문(通天門)을 지나 천왕봉(天王峯)을 처음으로 올랐다가 칠선계곡(七仙溪谷)으로 하산한 적이 있다.

노고단(老姑壇, 1507) 대피소에 이르니 아직 구름 속이라 지리산 십경(智異山 十景)의 하나인 '노고운해(老姑雲海)'는 볼 수 없었다. 노고단(老姑壇)은 신라 시조 박혁거세(朴赫居世)의 어머니

선도성모(仙桃聖母)를 지리산 산신으로 받들고, 나라의 수호신(守護神)으로 모시어 봄 가을에 제를 올리던 제단이 있어 노고단(老姑壇)이라 한다.

산돼지가 좋아하는 원추리 뿌리가 많아 돼지령이라 부르는 고개를 슬며시 지나, 조선 명종 때 화살보다 빠르다는 초적두목 임걸년(草賊頭目 林傑年)의 이름에서 유래하였다는 임걸령(林傑嶺)에 이르니, 이 고개에서 피아골(稷田谷) 내려가는 길이 있어 아픈 일들이 떠오른다. 나보다 두서너 살 위의 형들이 빨치산으로 몰리고, 혹은 토벌대(討伐隊)로 그 뒤를 쫓다가 돌아가신 수많은 젊은 영혼(靈魂)들에게 늦게나마 명복(冥福)을 빈다.

"지리산 바라만 보아서는 모른다/ 관광 길 눈요기로는 더욱 모른다/ 저 큰 가슴팍에 온 몸을 파묻고 통곡해 보라/ 호혼(呼魂)의 바다 속 깊숙이 잠겨보라."

— 이기형(李基炯, 1917년생)님의 〈지리산 서시〉 중에서

반야심경(般若心經)에 나오는 법(法)의 진실(眞實)한 이치(理致)에 부합(符合)하는 최상(最上)의 지혜(智慧)를 뜻하는 반야(般若)에서 유래한 반야봉(般若峯, 1733)을 비켜 두고, 전라남북도와 경상남도의 경계상에 있는 봉우리로, 낫의 날과 같다 하여 낫날봉, 날라리봉이라고도 하는 삼도봉(三道峰, 1490)을 어렵게 넘어, 길고 많은 계단을 내려오니 화개재(花開)이다. 이 고개는 경상남도에서 올라오는 소금 등 해산물과 전라북도에서 올라오는 삼베 등과 물물교환(物物交換)하던 곳이다. 여기서는 뱀사골(배암사―白

嚴寺, 또는 背岩寺—가 있는 골짜기)로 내려가는 길이 있는데, 이 골짜기에도 뼈저리게 통곡을 해야 할 아픔이 넘나든 골짜기이다. 가파른 언덕 오르기 힘든 토끼봉(卯峰—반야봉에서 정동쪽인 묘방(卯方)에 있는 봉우리, 1533)을 지나고, 명선봉(明善峰, 1586—덕을 밝게 밝히고 지극한 선에 이르라 〈明明德 止於至善〉는 것인지 모르겠다)을 지나니, 연하천(煙霞泉) 대피소이다.

연하천(煙霞泉)은 숲속을 흐르는 개울의 물줄기가 마치 구름 속에서 흐르고 있는 것 같다고 하여 지어진 이름이란다. 이 대피소 넓은 마당에서 점심을 지어 먹고, 형제봉(兄弟峰, 1433)을 지나니 해가 저문다. 형제봉은 성불수도(成佛修道)하던 두 형제가 산의 요정(妖精)의 유혹(誘惑)을 경계(警戒)하여 도심(道心)을 지키려고 등을 맞대고 서있다가 바위가 된 형제바위가 있어 형제봉이란다.

벽소령(碧宵嶺) 대피소에서 비 내리는 속에 저녁을 지어 먹고 둘러보니 추녀 끝, 하물며 화장실 복도에까지 사람들이 가득하게 앉거나 누워 있다. 벽소령(碧宵嶺)은 밤에도 푸르고 아름다운 돌이 보이는 산마루라는 것인가. 아니면, 밤이면 푸른 숲 위에 떠오르는 달이 너무 맑아 오히려 푸르게 보인다 하여 벽소령(碧宵嶺)인지, '벽소명월(碧宵明月)'이 또 일경이라는데 하며, 이런저런 생각을 하는데, "70세 이상 되신 어른은 나오세요" 하여 달려 나깄디니 침상번호 104번 쪽지와 담요 한 장을 주어 오랜만에 훈련병이 되어 잠 잘자고 깨어 보니, 여느 때와 같이 새벽 한 시이다. 통로마저 가득 누워 있는 틈을 간신히 빠져 나와 하늘을 보니, 어릴 때 본 별들이 빨리 흘러가는 얇은 구름 사이사이로 반겨준다.

마당에 여기저기 누워 코를 고는 젊은 사람들을 둘러보니, 전쟁터에서 늦은 밤 병사들을 둘러보는 장수(將帥)의 심정을 짐작하겠다. 다시 들어가 잠을 자고 새벽 4시에 일어나 모든 것을 서둘러 마치고 주변을 둘러보다가 훤해지자 다시 걸었다. 조용히 이루어낸 구름바다(雲海)가 너무 아름다워 발걸음이 멈추어진다. 지나온 삼도봉, 토끼봉이 까마득하게 보인다. 되돌아 가라면 못 가겠다. 살아온 길도 미리 알았으면 참고 살지를 못하였을 터이니, 앞일을 모르고 살아가는 우리네 길이 축복(祝福)을 받은 길이었구나 싶다.

세 사람이 길을 같이 가면 그 중에 스승이 있다더니, 처음 보는 꽃들의 이름을 자세하게 알려주는 분이 있다.

주홍색에 모양도 순수하고 소박한 '동자(童子)꽃'은 스님을 기다리다가 얼어 죽은 동자를 양지바른 곳에 묻어주었더니 그 자리에 피어난 꽃이란다.

잎사귀 사이로 긴 꽃대가 올라와 새끼손가락만한 깔때기 모양의 진한 연보라 색의 꽃이 차례로 피어 아름다운 '비비추'는 옥잠화(玉簪花) 비슷하다.

진한 분홍색 꽃이 줄기 끝에 수 없이 많이 달리어 먼지 털이개를 닮았는데, 지리산에 살고 있는 것은 다른 곳에 사는 것과 달라서 '지리털이풀'이란다.

바위 틈에 잎은 채송화 같고, 꽃은 황색의 다섯 꽃잎이 핀 '바위 채송화(莱松花)'를 알게 되었다.

전부터 알고 있는 꽃도 많이 피어 있다. 입술모양의 꽃송이들이 둥글게 모여 피는 꽃으로 어렸을 때 빨아먹으면 꿀맛이 나던 '꿀풀'이며, 접시 엎어 놓은 것같이 둥글고 하늘색의 아름다운 '산수국(山水菊)' 이 꽃말은 '변하기 쉬운 마음' 이라 하여 자세히 보니 큰 꽃송이 중에 작은 꽃들이 흰색과 파란색으로 섞여 있으니 쉽게 변할 듯하다.

한 줄기에 너댓 개의 꽃송이가 주렁주렁 달리고 여섯 개의 꽃잎이 깊이 갈라져 뒤로 접히고 꽃잎 위에는 주근깨 같은 점들이 있고 암술과 수술이 나와 있는 '참나리(山百合)', 잎이 어긋나고 작은 잎으로 꽃은 원추형 홍자색(紅紫色)인 '산오이풀'은 어려서 풀잎을 따서 만져주면 오이 냄새가 나던 오이풀과 비슷한데, 잎을 만져주어도 오이냄새는 나지 않는다.

잎사귀보다 훨씬 높게 꽃대가 나와 그 끝에 여러 갈래로 한 송이씩 달린 노란색 아름다운 꽃 '원추리' 가 보인다. 이 꽃이 얼마나 아름다운지 시름을 잊게 해서 당나라 황제가 양귀비와 함께 정원에서 모란꽃을 즐기다가 "원추리 꽃을 보고 있으면 근심을 잊게 되고, 모란꽃을 보고 있으면 술이 잘 깬다"고 노래를 불렀단다. 신숙주(申叔舟)는 "나무 가지에 수많은 잎처럼 걱정된 일이 많지만, 원추리로 인하여 모든 것을 잊었으니 시름이 없노라"하였다.

덕평봉(德坪峰, 1521-유래를 모르겠음)을 지나고, 일곱 개의 바위가 기묘한 조화를 이루고 있어 일곱 선녀가 노니는 모습과 같다 하여 불려진 칠선봉(七仙峰, 1576)을 지나, 영신봉(靈神峰, 1651)에 이르러 사방을 둘러보니, 넓게 펼쳐진 넓은 땅에 푸른 나무 사이사이 아름다운 바위들이 섞여 있고, 잔돌이 늘어져 있다. 그래서 세석평전(細石坪田)이라 하는데, 둘레가 8km로 남한에서 제일 높은 자리에 있고 가장 넓은 평원이며, 신라 화랑들의 심신수련 도장(心身修練道場)이었단다. 지리산 십경 중 하나로 '세석(細石) 철쭉'이라 한다. 영신봉은 아마도 이곳 한 번 와본 사람이면 하도 아름다운 곳이라 죽은 후 영혼이 되어서도 다시 와봐야 하기에 그 영혼(靈魂)들과 산신(山神)들이 어울리어 노는 봉우리라 영신봉(靈神峰)인가 보다.

세석대피소(細石待避所)에서 점심을 지어 먹고는 둘러보는데 아름다운 전설이 아련히 들려온다.

화개골을 거쳐 대성동 계곡에 정착한 호야(乎也)와 연진(蓮眞) 부부가 재미있게 살고 있는데, 오직 한 가지 자식이 없어 걱정이었다. 어느 날 연진이 혼자 있는데 검은 곰이 찾아와 자식을 낳을 수 있는 음양수(陰陽水)라는 신비의 샘을 알려주어 연진은 달려가 실컷 마시었는데, 곰과 사이가 나쁜 호랑이가 산신에게 이 사실을 고자질하여, 산신은 곰을 토굴 속에서 살아가게 하고, 연진에게는 이 넓은 잔 돌밭에서 평생 철쭉꽃을 가꾸라 하고, 호랑이에게는 알려준 대가로 짐승 중에 왕(百獸中王)이 되게 하였으나, 연진은 촛대봉 정상에 촛불을 켜놓고 천왕봉 산신령에게 속죄를 빌다가 촛대봉에 앉은 바위가 되었고, 호야는 아내를 찾지 못하고 절벽 위에 우뚝 선 채로 바위가 되어 호야봉(乎也峰)이 되었단다.

촛대봉(1703—연진이 촛불을 켜놓고 천왕봉 산신령에게 속죄를 기원한 봉우리), 삼신봉(三神峰)을 지나 연하봉(煙霞峰, 1667)에 이르러 이리저리 둘러보니, '연하선경(煙霞仙境)'이 또한 일경이라더니,

고요한 산수(山水) 속 안개와 노을이 선경(仙境)같이 아름답구나. 기다리던 장터목(場基頂) 대피소이다.

전에 제석봉(帝釋峰, 1806−인간을 수호하는 열두 하늘 중 동쪽에 있는 하늘인 제석천(帝釋天)에서 유래), 통천문(通天門−하늘을 오르는 문으로 자연 동굴)을 지나 천왕봉(天王峯, 1915)에 처음 올랐다.

천왕봉이란 제정일치시대(祭政一致時代)의 군장(君長)을 천왕(天王)이라 하여, 수호신에게 제를 올리는 높은 산 꼭대기를 보통 천왕봉(天王峯)이라 한다. "한국인(韓國人)의 기상(氣相) 여기서 발원(發源)되다."라고 돌에 새겨 있다.

벼슬을 버리고 이 산속에서 학문을 넓히신 남명(南冥 曺植, 1501~1572)은 "예부터 이름 있는 큰 종은 큰 종채로 쳐야만 소리가 나네, 만고에 저 천왕봉은 하늘이 쳐도 울리지 않네" 혹은 "저 무거운 종을 좀 보오. 크게 두드리지 않으면 소리가 없다오. 하나 그것이 어찌 지리산만 하겠소. 하늘이 울어도 울리지 않는다오."(請看千石鍾 非大扣萬古天王峯 天鳴猶不鳴) 라 읊었고, 나는 〈지리산 천왕봉 오르며〉에서 "아! / 하늘 아래 높은 곳에 섰노라/ 헤아릴 수 없는 뫼부리/ 그 사이사이/ 희끗한 구름줄기/ 이어지는 물줄기/ 자색 구름 띠를 밀고/ 솟아 오르는 해님/ 이 순간 모든 것/ 새롭게 창조되는 듯/ 아! / 바다로 둘러싸인 한라산/ 동해 반쪽이 보이는 설악산/ 그와는 달리/ 산으로만 이어진 산평선(山平線)……"라 읊었다.

장터목은 천왕봉 남쪽 시천(矢川) 주민과 북쪽 마천(馬川) 주민이 봄과 가을 이곳에서 물물교환을 하던 곳이란다.

여기서 중산리(中山里)로 내려가는 길은 가파르고 긴 계곡이

다. 물소리 크게 들려 다 내려왔나 하면 다시 내려가야 한다.

남명(南冥 曺植, 1501~1572)은 "두류산(頭流山) 양단수(兩端水)를 예 듣고 이제 보니, 도화(桃花) 뜬 맑은 물에 산영(山影)조차 잠겼세라. 아희야 무릉(武陵)이 어디오. 나는 옌가 하노라." 하셨다.

신숙주(申叔舟, 1417~1475)는 재운루(齋雲樓)에 올라 "하늘에 닿을 듯 두류산 솟아있고 호남지방 채색구름 속에 펼쳐 있네. 정자에 올라가 사방을 바라보니 숲에 싸인 산봉우리 태고로워라." (天極頭流倚半空 湖南一望彩雲中 試登樓霜憑軒看 千古蒼顔面面同)이 능선과 계곡에 피로 얼룩진 이야기, 너무나 많은 청춘들이 역사(歷史)의 수레바퀴에 깔려 죽어간, 너무나 억울한 젊은 넋들의 호곡(號哭) 소리도 들린다.

지리산 빨치산이었던 이태(李泰)의 수기(手記)《남부군(南部軍)》에서 "그때 나는 공산주의자(共産主義者)는 아니었다. 나뿐만이 아니라 많은 동조자(同調者)들도 그랬었다." "남과 북에서 버림받은 고독한 혁명가도 짙어가는 지리산의 가을과 함께 파란 많던 생애를 마치고 만 것이다."라고 말하고 있다.

이 산기슭에서 벼슬을 하신 우리 할아버지가 계시다. 여산송씨 시조할아버지(礪山宋氏始祖 宋惟翊)로부터 내가 24세(世)이니, 14대 송관(宋觀, 10世) 할아버지는 단성현감(丹城縣監)을 지내셨고, 13대 송계은(宋繼殷, 11世) 할아버지는 산음현감(山陰縣監)을 지내셨다.

산줄기 따라 길이 있고, 그 길을 걸으며 보여주는 것만큼 보고, 생각나는 것만큼 생각하며, 중산리 주차장에 이르니, 기쁘고 즐거운 이틀이 저문다.

나이가 20대이어도 열정(熱情)이 없으면 70대지만, 나이가 70 대라도 열정이 있으면 20대라며 격려(激勵)해 준 친구의 고마움 이 환하게 떠오른다.

예닐곱 살 때에는 어머니 손잡고 육칠십리 길 수원역에 걸어 다녔고, 칠십이 넘어서는 아버지 내 손 잡아줘 산길 육칠십리 지 리산 종주를 하였다.

구례(求禮)에 사는 한 여인이 집안은 가난하지만 아름다운 용 모(容貌)와 부덕(婦德)을 갖추고 지리산 밑에서 살았는데, 왕이 소 문을 듣고 궁으로 데려가려 하였으나, 그녀는 지리산이 하도 좋 아 죽기를 맹세하고 따르지 않았다는 내용의 노래를 지어 불렀 다고 전해 오는 〈지리산가(智異山歌)〉가 있었단다.

이 나이에 자랑은 아니지만, 예로부터 이처럼 좋은 지리산 종 주, 그렇게 바라던 일을 이루고 나니, 이처럼 보살펴 주신 은혜 감사하여 기쁘고 즐겁다.

송홍만 제13시집

소나무 아래 앉아서

·

지은이 / 송홍만
발행인 / 김재엽
발행처 / **한누리미디어**
디자인 / 지선숙

·

121-840, 서울시 마포구 서교동 395-13 서원빌딩 2층
전화 / (02)379-4514, 379-4519
Fax / (02)379-4516
E-mail/hannury2003@hanmail.net

·

신고번호 / 제300-2006-61호
등록일 / 1993. 11. 4

·

초판발행일 / 2009년 10월 1일

·

ⓒ 2009 송홍만 Printed in KOREA

·

값 7,000원

·

※잘못된 책은 바꿔드립니다.

·

ISBN 978-89-7969-354-6 03810